鮎飛　馨
AYUTOBI Kaoru

文芸社

一

　今年も世間に元旦が来た。

　還暦で退職して三年が過ぎようとしている。それはコロナ禍の三年が過ぎ去ることだった。

　正月三日、小田原に住む長女の鞠子と娘の優梨子、横須賀の次女の正子は夫と子供三人の家族五人で、横浜雁音《かりがね》のマンション二階、３ＬＤＫの実家へ顔見せに帰省すると、真弓坂《まゆみざか》家唯一の跡取り、独身で同居の将之と十人が揃った。

　いつものように、貴之はリビング窓際のソファに座り、目の前を走り回る孫たちを尻目に横浜の空を見上げた。

　この三年、正月の景色は変わらない。ところが、昨年五月の貴之の日記には……。

「五月二十八日。明日、日曜は久しぶりの快晴という。ところが、右足親指に痛風が出て、ジョギングどころか歩くことすらできない。

今年は悪いこと続きで、本当に続いていて、三月末には九十になる母が施設で転び背骨を圧迫骨折して入院。同じ日、将之が会社を辞めた。五月はじめには母が肺炎に罹り、さすがに死を覚悟したら三日で治り、ホッとしたのも束の間、今度は私を痛風が襲ったのだ。

一月には、香苗が足の小指を壁にぶつけ爪が剥がれ、二月には香苗の左肩が上がらなくなり、良い席が取れて楽しみにしていた二月の文楽公演は、太夫がコロナに罹患して中止。

トイレは詰まる、冷蔵庫は漏水する……細かいことを言い出せば切りがない。

人が死ぬ。人生の不幸はこれに極まる。その覚悟もできている。十二年前、父が肺炎で死んだ時は、傍《そば》に居ることができなかった。八時間かけて故郷唐津に辿り着き、微《かす》かに体温の残る父を拝んだ。祖父、祖母の時もそうだった。離れて住めばそうなることは分かっている。所詮そんなものだと諦めも知っている。

コロナ禍で人が死ぬ。二月二十四日に始まったロシアによるウクライナ侵攻の狡猾と悲惨。それを思えば、自分のことなどたいしたことはない。しかし人間、その場その場で生きている。世界や他人の不幸を憂いながら、生きる余裕も、精神力もない。結局人間、達観しかない。そのつもりで生きても不幸に引っ張られ、何かが不幸をほくそ笑み、更なる不幸へ貶《おとし》めようとする。人はなぜ、素直に幸せを目指すことができないか！」

しかし、これはまだ序の口だった。

六月はじめ、母は予定通り退院したものの、やがて老衰に入り、八月末に亡くなった。施設に入ってちょうど三年、コロナ禍で面会も儘《まま》ならないまま逝ってしまった。鞠子の離婚が決まったのも同じ八月終わり。母の死に気を使ったか、貴之がそのことを知ったのは十一月はじめ、母の七七日忌《なななのかき》が過ぎてすぐだった。

その十一月終わり、今度は香苗の父が倒れ、癌でもないのに余命六か月を宣告される。

倒れる一週間前、貴之は鹿児島の香苗の実家へ帰省し、四年ぶりに義父母と会った。

その翌日、正子に三番目の「功」が生まれた。前後して将之の新たな仕事先が決まり、明日から働き始めることはいい話として、四度目の会社ともなるといつまで続くか、心配し始めたらキリがない。

母が死んだ日、

「親に先立つことなく、金銭で迷惑かけることなく、それだけが親孝行だった」

貴之は大阪に住む二つ違いの弟、俊之にしみじみ言った。将之も鞠子も、貴之が死ぬまで引き摺るとは思わない。親孝行の期待もないが、せめてそれくらいはと思う。ところが、考えてみれば、これらすべて貴之の力ではどうしようもないことばかりで、本当の不幸は母であり、鞠子であり、義父であり、将之である。貴之が当事者に関わることを自身の不幸と捉え、受け入れ、何とかしようとして、どうにもできないから不幸と思うのであって、いい言い方をすれば、優しさとお節介で苦しみ、突き離し、放ったらかせないだけなのだ。貴之の足が切断されたわけでも、頭が割れたわけでもない。

二十歳の時、そうなりかけたことは確かにある。恋人の死、二人の祖父の死、貴之自身A型肝炎で死にかけて、いつ完治するかも知れず、立て続けの不幸に、飲酒の挙句車を運転。ローギアの爆音に錯覚し、一〇〇キロで走っているつもりが五十キロで電柱に激突。頭がフロントガラスを突き破り、ボンネットの上に飛び出した。気絶して救急車で運ばれる途中、あまりの痛みで目が覚め、膝から下がちぎれたと躊躇《ためら》いながら片目で覗くと、両膝の皮が見事に捲《めく》れ上がっていたが、膝から下は繋がっていた。

足の小指を動かしたい衝動が脳からじわじわ伝わり、微かな動きを自覚して、案外自身の不幸は笑えるものだと納得し、眠るように気を失った。

しかし、全身包帯の貴之を見た父母は、悲しみ、怒りを通り越し、それまで見たことのない、亡霊のような細く暗い影だった。

幸い、頭と膝の傷に縫い痕が残ったくらいで後遺症もなかった。もしあの時、足が切断され、車椅子になっていたらと思わないではない。しかし、自分のことなら、自分で完結するなら、傷が残ろうと治ろうと、車椅子だろうとそのまま死んでしまおうと、まあ死は大げさだが、クスッと笑いすら出そうで、案外人間、自身の不幸は笑えるものなのかもしれない。

回っている。

「きゃっきゃ、きゃっきゃ……」

小学三年生の優梨子、正子のところの六歳の紗江、三歳の亮介が、貴之の前を走り回っている。

「こらこら、あんまりうるさいとお巡りさんが怒鳴り込んで来るぞ」

貴之の声に三人の動きがピタリと止んだ。

「そんなこと言って。みんな、いつものおじいちゃんの冗談よ」

香苗が困った顔で言う。

「おじいちゃんは、冗談は言うけど嘘つかないんだもんね」

優梨子が貴之の口癖を言って、また三人がうるさくなった。

貴之は笑いながら立ち上がり、正月からこんなことを考えるから不幸を呼ぶ、と思い直し、大きく伸びをして優梨子の頭をポンポン優しく叩くと、東欧の少女のように長い睫毛の優梨子が、大きな黒い瞳で貴之を不思議そうに見上げた。貴之は小さく頷《うなず》き、玄関を出て、マンション一階の郵便ポストへ階段を下りていった。

母が死んで年賀欠礼を出したつもりが、吉川から年賀状が来たのは、去年十月の退職の挨拶を年賀状が兼ねていたからだった。学生時代寄り道をして、四歳上だが入社同期の吉川は、貴之の退職後も二年半働いた。

電話に出た吉川の声は相変わらず軽快で、

「体も心もついていかなくなった」

珍しく弱気なことを言って笑った。入社してから何かと理由を付け、飲みに行った渋谷の台湾料理屋で、貴之の退職以来、二人は三年ぶりに会うことにした。

その日、貴之は雁音駅から東急線で渋谷に出た。退職者の特権で平日昼下がりの待ち合わせ。今年初めて乗る電車はガラガラに空いていた。

ところが、時間になっても吉川が来ない。赤レンガの建物の中を覗くと、窓際のテーブルに座っていた吉川が手を上げた。

貴之は店に入り、吉川の向かいに座りながら、

「ここから待ち合わせ場所が見えるんだな」

と言って、窓の外を指さした。

「そうなんだよ」

吉川は見向きもせず、コップにビールを注ぎ、貴之に差し出した。

「六十七歳まで、よくやったよ」

「真弓坂が還暦であっさり辞めるから、辞められなくなってさ」

「関係ないな」

二人同時にビールを飲み干すと、三年の時間が戻ってきた。

「そう思わないと続かない」

二人はそこで初めて顔を見合わせ、笑った。

吉川は、貴之が辞めた後の会社の様子、コロナ禍での仕事の変化、そんな話をした。もう関係ない話、そう思うと笑顔も違う。

貴之はここ三年の日々の生活、還暦後を見据えて五十歳で始めた文楽鑑賞、私小説の投稿について話した。

「で、川口はどうしてる？」

一段落して、吉川が訊いた。十五年前に会社を辞めた同期の川口は、会社のテニス部で貴之とダブルスを組んでいた。吉川も大学はテニス部だから話が合い、よく三人でここにも来た。

「仕事を辞めた後、久しぶりに会ったら肝臓の調子が悪い、そんなこと言ってた」

「よく酒飲んでたからな。で、ここに来たのか」

「もちろん。酒は勧めなかったけど」

「本当か?」

吉川が笑い、貴之が首を傾げる。

「あれ以来、肝臓の具合も気になるし、連絡取って、久しぶり、三人で横浜中華街あたりどうかって、誘ってみるか」

「中華街か。ずいぶん行ってないな」

昼の閉店時間まで二時間をそんな話で過ごし、店を出て、二人には眩《まぶ》しすぎる昼の渋谷を暫く歩いて別れた。還暦を過ぎた人間同士、久しぶりの穏やかな時間は、四十年前出会った頃と何も変わらなかった。

次の日、貴之は川口に電話を入れ、吉川と会ったことを伝え、

「久しぶりに三人で、どう?」

と誘った。

「春、四月だな」

相変わらず口数の少ない川口だった。このことを吉川に伝えると、楽しみが増えたと言って喜んだ。今年は良いことがある。そんな気がした。

二

その夜、鞠子から離婚届を役所に出したと電話がきた。十年の結婚生活。幼少の頃から運動ができて、高校まで水泳選手で、勉強もそれなり、誰にでも優しかった鞠子は、今このことで疲れ、仕事は休職、声は聞き取れないくらい細い。秋口にコロナになったと言っていたが、その後遺症もあるのだろうか。

優梨子の親権は鞠子が持つという。そんな体で親権を取るなど、どういうつもりか訊いたら、元夫の裕一と話して決めた、それだけを言った。

去年十一月に鞠子の離婚を聞いた時、貴之にはもうどうしようもなかった。それでも裕一、鞠子と別々に会って事情を聞いた。浮気、暴力、金の使い込み、そんな犯罪じみた話もなく、無理に探せば、優梨子を可愛がるあまり、優梨子の我儘に遠慮して、お互いの思いを相手に素直に伝えられなかったことによる感情の縺《もつ》れ、とでも言うのか。

「大人の事情はあるだろうが、可哀相なのは優梨子だ。優梨子はもちろん、我々、皆が幸せにならないといけないよ」

裕一から話を聞いた後、貴之は微笑《ほほえ》み、それだけを言った。

鞠子は、「二月一日から二か月、実家のマンションの〝真ん中の部屋〟でお世話になり、その間に仕事を始める準備をして、母子ふたりで暮らすアパートを探す」、疲れた声ながらキッパリ言った。

果たしてすんなりいくかどうか。そんなことは誰にも分からない。分かっているのは、貴之と香苗の静かな日々も残り二週間。将之はその間、働き始めた会社の研修で名古屋に泊まり込んでいる。一月末までの日々が、人生で最も貴重に思えてきた。

弟の俊之にこのことをどう伝えるか。去年の母の七七日忌に、年明けに帰省して実家の整理をしようと話したが、今年は元旦の電話挨拶以来、連絡を取っていない。

香苗が父親を病院から施設へ移す段取りで鹿児島に帰省する前日、貴之は俊之に電話を入れ、鹿児島の義父の容体がいくらか落ち着いたことを話し、唐津帰省の日程を二月中旬に決めた後、

「実は、鞠子が別れることになった」

柔らかく唐突に切り出した。

「え？　そうなの」

俊之は機械的に、幾らか驚いた振りをした。

俊之に何ができるわけもない。貴之は経緯を簡単に話し、

「詳しいことは帰省した時に話す」

俊之は救われたように、「分かった」と神妙に言った。

大阪の建設会社で働く俊之は、独身時代が長く、貴之家族が正月や盂蘭盆《うらぼん》に唐津の実家に帰省すると、それに合わせるように帰省して、貴之の三人の子供を可愛がった。子供たちも「トシ兄ちゃん」と慕い、唐津の実家で俊之と三人が猫の親子みたいに寄り添って融け合い、笑っている姿を見て、嫉妬すら覚えたことがあった。

姉と二人で鹿児島に帰省し、父親の施設入居を済ませた香苗が横浜雁音に戻ってきた。

一人暮らしになった香苗の母は、周りに親戚が多く、近所とも仲が良い。それがどれだけ心強く大切なことか。貴之は、自身の母の一人暮らしで嫌と言うほど分かっている。

土曜の夜中、ふと目が覚め、鞠子のこれからを考えて眠れなくなり、日曜朝のジョギングができるか心配したが、五時には走る格好で家を出た。朱鷺見川《ときみがわ》土手は見事に真っ暗。雲が出て星もない。救いは風がないことだ……と思ったら、凍るように冷たい北風が吹き出した。

走り出し、暫くすると右脹脛《みぎふくらはぎ》に違和感が出た。立ち止まり、両手でさすり、走り方を小走りに変えると、蟹甲橋《かにこうばし》で折り返す頃には調子が出て、痛みも消え、走り終える頃には晴れ間も覗き、日が差してきた。しかし、富士山は雲隠れしたまま、手前の大山、薄く雪を被った丹沢山地の山並みだけが妙にくっきり見える。いつものおおよそ十五キロを、最後まで走り切ることができた。

家に戻り、残り湯を浴び、新聞を読み、暫くして鞠子と優梨子に手紙を書くことにした。そんなもので今の鞠子が何を感じ取れるわけもない。しかし、貴之の気が済まなかった。

優梨子へ
毎日明るく、笑顔で、おはよう、おやすみ、を言おう。
お友だちを作ろう。
ママと、仲良くしよう。
おばあちゃん、おじいちゃんのおてつだいをしよう。

鞠子へ
世の中と真剣に向き合い、逃げない。
毎日一歩ずつ、前進する。
優梨子の友達ではなく、親になる。
父母、妹弟の生活を、尊重する。
死にたくなったら、

「どうなろうとこうなろたい」と、朱鷺見川の土手に出て、大声で叫ぶ。

迷いながら、「死」、この言葉を入れ、午前中かけてこれだけ。しかし、これ以上湧き出るわけもなく、和紙の便箋に二枚ずつ清書して、よく書けた方を揃いの封筒に入れた。

三十八年勤めた建築設計事務所を辞めて三年、コロナ禍に明け暮れながら、施設の母の心配はあったにしろ、貴之には本当の自由があった。

平日は五時に起き、午前中は六時から、「純文学私小説」と呼んでいる散文創作。昼は音楽を聴き、下手なピアノを弾き、午後は前日の日記を書きながら時折ぼんやり空を眺め、夕方になると風呂に入り、晩酌して皿を洗い八時に寝る。まさに白雲に乗り悠々空を漂った三年。これまで六十三年生きて、こんな幸せがあっただろうか。これでよし。そう思い、納得するしかない。

三

青空の眩しい昼下がり、裕一の運転する車に当面暮らせるだけの荷物を積み、鞠子と優梨子がやって来た。

〝真ん中の部屋〟へ荷物を運び終わると、

「これからよろしくお願いします」

裕一が頭を下げた。初めて裕一と会った時と同じ言葉。裕一も言いようがなかったのだと思った。裕一が優梨子に向かって言った。

「三月の春休み、ディズニーランドに行こうか」

優梨子が素直な笑顔で頷いた。その様子を、鞠子は視線を逸らせ、俯き気味に聞いている。

「皆が幸せにならないといけないよ」

十二月はじめ、裕一が離婚の話をしに来た時、貴之が最後に言った言葉。この言葉を鞠子にも聞かせたかった。優梨子が最大の犠牲者、その気持ちに変わりはない。裕一は頷き、両親と住む小田原の二世帯住宅へ帰っていった。

貴之は、〝真ん中の部屋〟に運ばれた荷物の中に、入学祝いで貴之が買った茶色のランドセルが混じっているのを見つけた。

そのうち周りは、腫れものに触るように二人に気を使い、テレビで流れる「離婚」「ひとり親家庭」、そんな言葉に敏感になる。馬鹿馬鹿しい。笑い飛ばし、自信を持って明るく生きろ、かと言って、鞠子と優梨子、二人が身を寄せ合って生きると思うと、突然先のことが見えなくなる。

左利きは、右利きより八年寿命が短いという。左利きの貴之があと十年生きるかどうか。それはいい。しかし、鞠子はその時、まだ五十前後を生きている。

鞠子のことを香苗の親にも伝えなければならない。幸か不幸か、貴之の父母は知らずに逝った。浄土、あの世、天国、そんなものがあるならお見通し。母の七七日忌に、横浜は唐津から遠いと、真弓坂家の菩提寺、鑑種寺《かんしゅじ》の道正《どうしょう》和尚にもらった小さな位牌に、頭を下げる必要もない。

荷物の整理が落ち着き、優梨子の好きなミートグラタンの夕食が始まった。

「暫くの間、よろしくお願いします」

鞠子が改まって言った。暫く……、暫くとはいつまでを言っている？　そんなことは訊きもせず、貴之は無表情で頷くだけだった。

翌朝まだ暗い六時、いつものように朝食の支度をした香苗が、勤務先の保育園へ保母の仕事に出て行った。七時半、将之が仕事に出て、暫くして鞠子と優梨子が起きて来た。

朝食後、貴之は手紙を渡し、読んで聞かせた。優梨子は目を丸くして頷きながら聴いた。鞠子は、はいはい、軽く頷きながら一瞥すると、封筒へ入れる時、微かに笑った。神経質なくせに、鞠子にはこんなところがある。

次の日から鞠子の役所、銀行廻りが始まった。留守番の優梨子は相変わらず遊び気分で「じいじ」といつもの調子だから、ケジメをつけるため、貴之は優梨子を、

「優梨子」

と呼び捨てすることにした。

金曜日、鞠子と優梨子が雁音小学校へ挨拶に行った。週明け月曜から、歩いて五分の、鞠子が卒業した小学校へ通うことになった。

「転校生は注目されていいわよ」

小学生の時に仙台から熊本、中学生で熊本から故郷鹿児島へと、義父の仕事で二度転校経験のある香苗が言うだけに、説得力がある。

大学進学の十八まで唐津で育った貴之は、転校生が注目されても、時間とともに色褪せることを知っている。不登校の心配も、今は子供の柔らかな心を信じるしかない。

優梨子が雁音小学校へ行く日が来た。朝、さすがにぎこちない優梨子だったが、鞠子と一緒に登校すると知って気が抜けた。

午後、優梨子は笑顔で、ただいま、と大きな声で帰ってきた。

翌日、香苗が保育園に行き、将之も仕事に出た後、優梨子が登校班に集合する八時になり、玄関で手を振り大きな声で「行ってきます」と言った。貴之は同じくらい大きな声で見送った。

九時過ぎ、鞠子が区役所へ行くと言って家を出ると、思いもしない一人の時間が来た。

私小説の散文創作は、鞠子、優梨子に関係なく、香苗の出る六時に始まる。向かいの二階建て古アパートの上に広がる春の近い青空を眺め、ふっと息を吐くと、このところの天気がどうだったか、全く記憶にないことに気がついた。

週末金曜は朝から低く黒い雲が蔓延《はびこ》り、やがてちらほら雪になった。その日、貴之は一人、国立劇場で二月文楽公演を聴いた。雪は一日降り続いたが、積もることはなかった。気温は三度に届かず寒い一日だった。

数日後、週末の唐津帰省の新幹線切符を買いに、春日台駅まで出た。窓口の駅員に、新幹線切符は往復で取ると割引です、そう言われて得した気分になり、仕事を辞めてやっとこういうことで喜べるようになったと思うと、妙に嬉しくなった。

いよいよ年寄りの仲間入りだが、人間関係を疎ましく思う性格だから、これくらいがちょうどいい。人間、気の持ちようでどうにでもなる。寄り道もせず、貴之は東急線に乗り込んだ。

四

真冬のように空気の澄んだ快晴の朝、貴之と香苗は新横浜駅から朝一番の新幹線に乗った。

コロナ禍で飛行機は大幅減便、空港での検査や制限も厳しくなり、それまで道中一時間の無駄を嫌って乗らなかった新幹線が、思い立った時にいつでも乗ることができ、自由が利いて、創作中の小説を小説家気取りで読めることにも味をしめ、鞄には三月投稿予定の「嫡男」「鈴虫」二冊の原稿が入っている。香苗と話し、原稿を眺め、時折窓の景色に目をやっていたら、時間通り、四時間半で博多駅に到着した。

深い地下ホームまで下りて唐津行き筑肥線に乗り換え、隅の席に並んで座り、やがて地上に出て、九州の日本海、低く丸い山、黒い土の田圃の見慣れた景色の中、電車は西に向けて走った。

窓の外でまったりうねる濃紺の玄界灘が、穏やかな唐津湾の青に変わる頃、遠く弓なりの白砂に長々横たわる虹ノ松原、その向こう、金の延べ棒のようにどっしり居座る鏡山が見えた瞬間、父、母の死の時ですら、唐津だ、と目を輝かせて唸《うな》ってしまい、もしかすると自分のことしか考えない冷徹な人間なのか、そんなことを疑っているうち、やがて電車は唐津駅に入って行った。

人の少ない唐津駅の改札の外で、坊さんみたいに見事な頭の俊之、小柄な妻の頼子が、笑顔を見せながら胸の前で手を振っている。貴之は小さく頷き、四人は俊之が借りた車で唐津街道を下り、父母の眠る伊万里、鑑種寺を目指した。

「鞠子ちゃん、大変だね」

突然の俊之の声に、隣の頼子が難しい顔で頷いた。そこには、貴之と香苗への労《ねぎら》いが含まれている。

「母さんが逝った後でよかったよ」

貴之が笑顔で言った。

「確かに」

俊之も笑顔を見せ、

「この辺り、鞠子ちゃんが三歳の時に、買ったばかりの車に乗せて軽快に走っていたら、突然鞠子ちゃんが胃の中のものを全部ぶち撒けて、それから暫く臭いが籠って大変だった」

そう言って声を出して笑った。

「その少し前には、浅蜊を食べた夜に引きつけて、呼吸困難になって、救急車で運ばれたんだ」

「美人さんは繊細だから……」

「繊細なところは僕に似たか。それとも僕の口の悪さが、子供の成長に影響したか」

「兄さんが繊細？　口の悪さはそうだけど……」

俊之は笑みを見せ、

「ただ、人生は自分でつくるもの。兄さんだって僕だって、そうやって生きて来た。つまり、そういうことさ」

と言った。

「僕は俊之のように、しっかりしてないけどな」

「何卑下してるの？」

香苗と頼子が声を出して笑った。

貴之は、裕一と鞠子それぞれの話、離婚までの流れ、その後の経緯を他人事のように話し、俊之も他人事のように聞いた。二人の表情には暗さもなく、余裕すら漂っている。

兄弟はこういう時、不思議と深刻にならない。父が死んだ時、母が死んだ時も涙はなく、時折笑顔すら覗いた。冷たいわけではない。なるようにしかならない、そう考える真弓坂家の血。もっと言えば、母方の小河原《おがわら》家も同じようなもの。貴之はそう思う時がある。

いつの間にか、車は伊万里市街を過ぎ、長浜の交差点から谷沿いに山を上がり、鑑種寺の山門を入り、更に上がり、山腹の本堂前で停まった。

車を降りた貴之は、見晴らしの良い石の手摺まで出た。丸みを帯びて緩やかに下る黒土の田圃の丘陵の先に、昔から変わらない、堤防の真っすぐ延びる静かな伊万里湾の薄青い海が広がっている。美しい景色を暫く眺め、コンクリートの白い納骨堂に入った。

黒漆の真弓坂家の仏壇前に、母が好きだからと、俊之が気を利かせて買った抹茶の小城《おぎ》羊羹を供え、四人は真新しい母の白木の位牌と、二年前に実家の仏壇から移した先祖の古い位牌に手を合わせた。

この日は道正和尚が不在。四人はそのまま唐津へ戻った。

翌日は予報通り、唐津は雨になった。この雨が横浜に戻る日曜朝まで続くという。四人は早速実家の整理に掛かった。戦後、山裾を切り開いた昭和の団地の戸建てに何かあるはずもなく、整理と言って、押し入れの中は布団ばかりで、見るべき場所は限られている。

この日は仏間、寝室、父の部屋の順で、天袋、抽斗《ひきだし》、戸棚のものを下ろした。貴重品と言えるものは、母の鏡台から出た数点のアクセサリー、香苗と頼子が気に入っていた唐津焼の茶碗くらいで、貴重品ではないが、父の部屋の防災用非常袋から、父の死の直前の入院日記、母すら在処《ありか》を知らなかった実家の権利証が出てきた。

次の日は、茶の間、洋間、納戸の順で整理した。めぼしいものは何本かの掛け軸で、西郷南洲の署名落款《らっかん》の書が出た時は四人の目が輝いたものの、そのほかは、父方の祖母の日記、母の真珠のネックレス、指輪、切手、記念コインとあっさりしすぎていた。

あとはこの実家をどうするかだが、俊之とは、母の三回忌後に処分しようと話した。

一段落したら、せっかくの唐津帰省が、二日間片付けと整理で終わってしまったことに気づき、夕食は、母が施設に入ってから行くようになった、団地入り口の居酒屋「ひょうげもん」に入った。

「結局あんなものだから、父さん母さんには感謝だ」

「貴重品や余計なものがあったら大変だったよ」

「祖父母もそうだけど、家屋敷以外、見事に何も残さなかった」

「何の役に立つか知らないけど、権利証さえあれば、実家も何とかなりそうだしね」

鯨の竜田揚げと鯵の刺身で、四人は乾杯した。

「香苗さん、早いですね。お義母さん亡くなってもう半年ですよ」

頼子が香苗に声を掛けた。

「お義母さんが施設に入ってちょうど三年だったわね」

「施設に入る時は、母さん、あれこれ爆発して大変だったけど、一人暮らしの時の母さんは、もっと大変だった」

俊之が思い出すように言って苦笑いする。

「歳取ると体や頭が言うこと聞かなくなるし、お義父さんが亡くなって、硬膜下血腫や白内障の手術をして、毎日不安で電話をかけて来て。最後は、食事の仕度もお金を下ろすことも、買い物までできなくなって、一人暮らしが大変だったのね」

香苗が母を庇うように言った。さすがにお金のことは言わなかったが、香苗も頼子も、着物、花瓶、茶碗、花切りバサミがなくなったと、母に泥棒扱いされたことがある。

「横浜で同居を勧めても、生まれ育った唐津がいいと言い張るし、どうするか訊いたら、突然母さんから施設入居を切り出した。硬膜下血腫が原因の認知症と理由もついて、施設に入ると、今度はコロナ禍で会えなくなり、今はそれだけが心残りだ」

「コロナ禍で帰省できないことは、母さんも分かってたよ」

「芸術家肌で神経質で、先回りして口煩《うるさ》かったけど、切羽詰まった時は、『どうなろうとこうなろたい』、そう言って笑顔を見せて、僕はあれにずいぶん救われた」

「最後はなんとかなると、悲壮感漂わせることなく笑い飛ばし……、それは、表現の仕方は違うにしろ、父さんもそうだったね」

「父さんは先の戦争で三年間南方で戦い、生死を彷徨《さまよ》ったから、達観してたんだ」

俊之が頷いた。

「兄さん、その父さんが書いた入院日記だけど……」

俊之は昨日見つかった、父が肺炎で亡くなるまでの一か月余り、入院した病院で書いた日記のことを言っている。

「最後は母さんの字で、『もうやめて、と言った』で終わる」

「飄々《ひょうひょう》として無口だった父さんが、寿命を悟ったのか、このタイミングと思ったか、死ぬ前日、『母さんと結婚できてよかった、できると思わなかったから、本当にありがとう』だなんて」

「父さんの見舞いで、たまたま唐津に帰省していた香苗がそばに居るというのに」

「そのことも、お義父さんの日記にお義母さんの字で書き足してありました。香苗さん、その時のお二人の様子、どうでした？」

頼子が言った。

「お義父さん、笑顔で照れながらその通りキッパリ言うから、お義母さん驚いて、泣きそうな顔で怒鳴るように『もうやめて』って。それでもお義父さん笑顔だから、私泣きそうになって、トイレに行くふりして病室を出てしまったの」

「母さんには遺言に聞こえたんだ」

「そうか、父さんは香苗さんを証人にしたんだ」

俊之の言葉に香苗は首を傾げ、貴之が小さく頷いた。確かに、肝心な時にこういうことをコソコソしない、そんなところが父にはあった。そしてその血は自分にも伝わっている、と貴之は思った。

「母さんに言っただけじゃ消えてなくなる。香苗の前で言えば証人ができる。二人は、祖母同士が女学校の同級生、祖父は同じ高校の先輩後輩、その縁で結婚したらしいけど、父さんは、それだけではない、しっかり自分の気持ちがあったことを、はっきり母さんに伝えたかったたんだ。母さんへの感謝も込めて」

噛みしめるように話しながら、貴之は、このやり取りを母が父の日記に書き足した意味を考えた。母には母で、父の人生を父らしく完結させたい、間違いなくその思いがあったに違いない。

「ところで兄さん、正子ちゃんは元気？　母さんの葬儀の時は出産間近で会えなかったけど、功ちゃん、生まれたんだよね。それにしても、あの穏やかな正子ちゃんが大学時代、マザー・テレサの施設を見たいと一人でインドに行った時は、あまりの大胆さに正直驚いた」

「正子は一度決めたら引かないところがあるから」

「家族五人、正月に遊びに来て、皆元気で、正子もいつも通り穏やかでしたよ」

香苗が言った。

「将之さんの結婚も気になります……」

頼子が聞いた。

「俊之、そこ、何とかならんか」

「とは言え、兄さんも香苗さんも子供や孫が近くにいて、賑やかで羨ましいよ」

鞠子も優梨子も含めての、俊之らしい言い方だった。

「いたらいたで死ぬまで心配が絶えないから、近頃は正しいとか正しくないとか、いいとか悪いとか、好きとか嫌いとか、そんなことを言わなくなった」

「お、兄さんも成長したね」

「なんだと?」

貴之の声に三人が笑った。

その夜、鞠子が香苗に、優梨子の様子を伝えてきた。優梨子が学校に行きたくないと言って、鞠子と暫く話をして、一人遅れて登校したという。

五

唐津から戻るとすぐ、香苗は鹿児島帰省の準備に掛かった。父親が施設に移り、母親の一人暮らしも落ち着いて、二人に孫、曾孫を見せたいと、香苗は春休み、三月末の帰省を思い立った。仕事を始めたばかりの将之と、昨年十一月に会ったばかりの貴之は留守番。香苗、鞠子と優梨子、正子家族五人の八人が帰省することになった。

三月に入ると、桜の開花が観測以来最も早くなりそうだと世間が騒ぎだした。貴之が幼少の頃、桜は四月の入学式が満開と決まっていた。そのうち二月に開花するのだろうか。急ぐのは人間だけじゃない。植物までもが先を急ぐと言ったら桜に失礼か。

桜の開花が近づいた三月十日、貴之に朝山新聞から女性の声で電話が来た。短歌が推薦され、初めての人にだけ電話で連絡する、と言う。女性は、優梨子の転校日の登校風景を詠んだ短歌を二度復唱し、貴之のものであることを確認して電話を切った。香苗に伝えたら、新聞に載るの？　と訊いた。貴之は首を傾げた。

高校二年の授業以来、短歌には縁も所縁《ゆかり》もなかったが、一昨年二月、ふと思い立ち、朝山新聞に投稿したことがある。仕事を辞めて運動不足を感じ、平日もたまに朱鷺見川に出るようになり、冬の天気の良い日、ふと見上げた空で鳶と鴎が戯れている。その景色に五七五七七が浮かび、家に帰って官製はがきに書いて送った。

今年も同じ二月、書き進めてきた小説「嫡男」「鈴虫」の推敲で煮詰まった脳が、爽快なライムの香りを求めるように、転校の日の優梨子、母の死んだ日のこと、実家の整理で出て来た父の日記について、毎週一首ずつ投稿したのだった。

電話があった次の週の日曜、曇り空のジョギングから戻り、残り湯を使い、朝山新聞を開くと、「真弓坂貴之」の名前と短歌が載っている。貴之には戸惑い以外あるわけがなかった。

五分咲きの桜の中、早朝一人、香苗が一日早く鹿児島に帰省した。次の日、鞠子と優梨子が家を出る昼前になると雨が強まり、二人は歩いて十分の雁音駅までバスで行くと言う。傘を差し、貴之が鞠子のスーツケースをガラガラ引いて近くのバス停に出て、遅れてきた満員のバスに乗せ、二人の傘を持って家に戻ると、久しぶりに将之と二人の時間が来た。

鞠子、正子に続き、三番目で生まれた将之は、運動ができて勉強もそれなり、幼少から鞠子と同じ水泳選手で、中高はバスケット選手。鞠子と同じ高校に進学し、不思議と鞠子を追っている。そのせいか、やさしい、と言うより我を出す力強さが感じられず、歯がゆく思う時がある。

暫くして、将之が起きてきた。いつものように、パジャマの右裾だけ膝まで捲れた格好でトイレに向かい、入り際、ソファの貴之をチラッと見た。

「おう」

貴之が言った。

「ああ」

動物のような声を交わし、将之がトイレに入った。これを会話とは言わない。しかし、いつもそんなもので、夜は貴之が早く寝てしまうから、顔を合わせることもない。

香苗が鹿児島に帰省する時は、食事はそれぞれ工夫するから、二人でテーブルに着くことはない。喧嘩をしているわけではなく、笑顔がないわけでもないが、将之が大学を卒業して十年、もっと言うなら、部活でバスケットボールを始めた中学生の頃から、そんな関係が続いている。

将之がトイレから出て来た。

「鞠子と優梨子が鹿児島に行った」

「ああ」

声が出たのか頷いただけか、分かりもしない。

「出かけるのか」

将之が小さく頷いた。

「雨だ」

これで今日の会話は終わりのはずが、玄関脇の部屋に戻った将之が、右手に折りたたんだ紙を握りしめてやって来る。

「これ」

「ああ」

家賃だ。将之の給料日には家賃をもらうことになっている。おっとりした性格なのか、ケチなのか、できることなら払いたくないと思っているのか、いつもなら待てない貴之が催促するのだが、今月は珍しい。とは言え、こんなことで気持ちが昂《たかぶ》るようでは情けない。

「いつもこうだといいんだがな」

ひとこと言ってみる。将之は頷き、部屋へ戻って行った。

貴之が母を唐津の施設に入れた日、「真弓坂家嫡男」と母に可愛がられた将之は、突然、母に会いに唐津まで飛んで来た。その数日後、貴之の還暦記念で家族が東京ディズニーランドに集まり、ホテルに一泊して祝った時は、当時付き合っていたらしい彼女を連れて参加し、笑顔で集合写真に収まった。

二社目を退職した時は、渋谷の台湾料理屋のカウンターに並んで座り、貴之は三十年吸わなかった煙草を将之に催促し、二人で燻《くゆ》らしながら話し込んだ。仕事や結婚、というより、家族で実家に帰省した昔話ばかりで、時折笑顔も覗いた。優梨子が家に来てからは、仕事帰りにアイスクリームを買ってきたり、トランプの相手をしたり、叔父として優しく接している。

距離があるわけではなく、逃げているわけでもなく、お互いどこか、なるようにしかならないと思っていて、だからと言って放っておける性格ではなく、結局こんなことになっている。

暫くして玄関に出た将之は、姿見を眺めながら前髪を触り、ボソッと「行ってきます」と言った。貴之は将之より大きな声で「行ってらっしゃい」と言う。黙って出て行くのではなく、こういう「行ってきます」「ただいま」を、まるで優梨子のような幼少の頃の挨拶そのまま、決まって言うのだから、もう笑うしかない。

じめっとしたところがなく、どこか飄々とした将之は、父に似たと思う時がある。もっと言うなら、父方の流れがあり、無口もそうだが、都合が悪いと笑顔で誤魔化し、痩せたところも、胡坐《あぐら》を掻いて座った格好も、骨が太く、手足が長いところまでそっくりだ。

翌、日曜も雨。母の施設入居前後の家族の心の動きを書いた「嫡男」、母の死の前後の様子を書いた「鈴虫」の原稿を封筒に入れ、傘を差して近所のポストまで出て、それぞれ別の文芸誌に投稿した。手が離れたら嫁に出したも同然、先方が読んでも読まなくてもそんなことは知らない。発表の八月まで、楽しみができたと思うしかない。創作のことは暫く忘れることにした。

月曜朝、将之が出勤した後、鹿児島の香苗から携帯メールが来た。車椅子の義父を囲んだ義母と、香苗ほか総勢十人の施設での写真に、

「元気そうでした。父はわざわざ孫と曾孫のために、ポチ袋にお小遣いを入れて待っていてくれました。車椅子になりましたが、施設にも慣れた様子で、笑顔笑顔で、涙はありませんでした」

香苗の優しい言葉が添えてある。暮れに義父が倒れた時、何の権限か、癌でもないのに余命半年と医者が告げ、香苗は泣いた。そんなことは知らない義父も、施設に入る時は涙を流したと言う。この笑顔がいつまで続くか。続く限り、笑顔で見続けるしかないなら、考えても仕方がない。

その夜、香苗、鞠子、優梨子が、疲れた疲れたと言いながら帰ってきた。久しぶりに、鞠子の声が玉のように溌剌と弾んだ。

三日後、春休みの優梨子が裕一のところへ遊びに行った。その前日、鞠子が香苗に、親権を裕一に渡したい、と言ったという。

「離婚後に初めて鞠子が優梨子と離れ、裕一君のところから戻ってこないのではないか、そんな不安を香苗に伝えたかったんだろう」

話を聞いた貴之が香苗に言った。

仕事を辞めて三年が過ぎ、四月一日は母が生きていれば九十一回目の誕生日。去年は圧迫骨折で入院中だったから、誕生祝いは、ガラスケースに入った特殊保存処理して永久に生花の姿を留める六輪の真っ赤な薔薇を、病院の母に贈った。半年後、老衰の母が萎《しお》れるように死んだ日に、その花は施設の母の部屋で、生花そのままの姿を誇らしげに晒していた。

翌日曜のスッキリ晴れない朝、貴之はジョギングに出た。日の出前の薄暗い中、桜並木は満開と散り始めの木が半々、花だけがぼんやり白く雲のように浮いている。途中、左脹脛に違和感が出ても走り続け、終わる頃には厚い雲が広がり、冷たい風が吹きだした。

家に戻って残り湯を浴び、新聞を広げて一面から捲り、何気なく朝山歌壇を眺めると、思いもしない「真弓坂貴之」の名前が載っている。思わず新聞の日付を眺め、カレンダーを見た。今日で間違いない。

俊之夫婦と唐津に帰省して実家を整理した時、押し入れから出て来た父の日記に、何が厭だったか、幼少の貴之がガラス窓に向かって「馬鹿垂れ馬鹿垂れ」と叫んでいる様子が、父らしくなく面白可笑《おか》しく書いてあり、そのことを書いた一首が載っていた。

短歌とは何かも知らないのにもかかわらず、こうして選ばれるのだから戸惑いしかない。しかし、香苗は違う。紙面を写真に撮り、携帯メールで俊之と頼子に送り、自分のことのように笑顔だった。

優梨子が裕一のところから戻ってきた。

「またじいじの短歌が新聞に載ったって、みんな驚いてたよ」

開口一番、そう言った。

短歌は、同じ新聞を取っている裕一の母親が見つけたという。二週間前、優梨子の転校日のことを書いた一首が載った日、裕一の母親は、連絡しようかどうか迷いましたが、と前置きして、「優梨子のこと、安心しました」と、香苗に携帯メールを送ってきた。

離婚後初めての、優梨子の祖母同士の会話。そのために新聞が短歌を掲載したなら、貴之の力ではない何かが働いたと思うしかない。

六

四月になった。鞠子は予想通り、アパートを探すことなく、仕事再開の兆しも見えず、朝、洗濯と皿洗いを済ますと、何をやっているのか、部屋に閉じ籠ってしまう。鹿児島に帰省した時、香苗は新聞に掲載された貴之の短歌の切り抜きを見せ、鞠子の離婚を母親に告げたという。母親は、暫く見守りなさいと話し、それを聞いた香苗も、暫く様子を見ると割り切っている。その「暫く」がいつまでか。肝心なところがはっきりしない。

学校が始まった。四年生になった優梨子は、始業式の朝、元気に家を出て行った。貴之は、二か月前二人に渡した手紙の控えを眺めた。優梨子は手紙の通り生きている。しかし鞠子は、変わらないどころか、罹ったコロナの後遺症にまだ苦しんでいるのかと疑うくらい、覇気がない。そのせいか、気持ちに余裕が無いのか、「時計を見て動いているの？」「ちゃんとやってるの？」と、優梨子に機械のような高い声を出す。

だが優梨子は家を出る時間から逆算して何をすればいいのか分かっている。そのことを鞠子は知らない。

小説の投稿が終わっても、貴之は出歩くことなく、今、貴之の居場所は、リビングの窓際の黒革のソファしかない。平日はソファ前のテーブルにパソコンを置き、たまにテレビを点け、時折窓の外、二階建て古アパートの上に広がる空を眺め、食卓の楕円テーブルで夕食を摂るのは休肝日の水曜だけ。たまに悪気のない優梨子がソファに座っているとガッカリする。

鞠子と優梨子の暮らす〝真ん中の部屋〟は、元は香苗の居場所だった。しかし、今の香苗の定位置は楕円テーブルの奥の一脚の椅子。隣の和室は、折り畳みの和机が隅に置いてあるくらいで、以前は和机を開き、貴之が小説家気取りで文章を書くこともあったが、長い間胡坐を掻いて突然歩けなくなり、それからやらなくなって部屋は空いている。しかし、香苗が使うことはない。

そんなこともあるのか、四月中旬、

「あれ、どこやった」

「あれって？」

「もういい」

などと、貴之と香苗はギクシャクするようになった。しかし、かき混ぜたコップの水がやがて鏡になるように、過渡期と思えば、言いたいことを言い、ありのままをさらけ出し、出しきった方がよほどすっきりする。


月末の日曜、貴之は朝五時前にジョギングに出た。土手に上がると東の空は明るかったが、富士山があるはずの西の空は今にも降り出しそうな黒い雲が広がっている。このところ週末は本当に天気が悪い。そうぼやいてどうなるわけでもなく、分かっているなら最初から諦めればいい。

折り返しの蟹甲橋から今日も富士山は見えない。土手に戻ると、開花から四十日過ぎて、葉の茂った桜に目を凝らせば、ところどころ花が残っている。花の形は咲き始めの丸いふっくらしたものと違い、星のように鋭く尖り、ひとまわり小さい。桜は開花、満開、桜吹雪ばかりに目が行くが、貴之はこういう花が好きだ。一昨年は五月も終わりだというのに、土手の桜の一本に数輪、こんな花が狂い咲きして、写真に撮って俊之に送ったことがあった。

冷たい向かい風が強くなり、体が冷えたか、走り方が悪かったか、両膝に痛みが出た。以前は、というか少し前まで、働いていた時は、絶対に途中で止まらない、そんなことに拘《こだわ》った。今もできないことはない。ところが、仕事を辞めたら、立ち止まることも悪くないと思えるようになった。今でも記録を意識する性格だが、体力は落ちる。それが年齢のせいなら暗くなることはない。

ジョギングは三十年前のウォーキングから始まった。ギックリ腰で動けなくなり、予防で週二回の一万歩ウォーキングを医者に勧められ、週末に朱鷺見川土手を歩いたら、走っている人が貴之を追い抜いていく。それでも二年間歩き続け、長距離走には自信があるからと、突然走るようになった。

飽きもせず、蟹甲橋折り返しの同じコースを走るのには訳がある。ある時、一週間違うだけで、朱鷺見川の空気、音、光、緑、空、体を取り巻くすべてが変わることに気がついたからだった。

桜の頃が特に分かりやすい。開花した翌週が満開、次の週が花吹雪、こんな変化を一年間注意深く見ていると、一時期、泥臭く、日本で一番汚いと言われた朱鷺見川で、自然豊かな唐津で育った頃と同じ、季節や空気の変化を感じ取れるようになる。真冬の冷たい風に晒され、体が凍えながら走るのも、真夏のむせ返るような日に眩暈《めまい》を恐れながら汗塗《まみ》れで走るのも、それがあるから続いている。

家に戻り、いつものように残り湯を浴び、風呂を掃除して、新聞を開いた。短歌の欄に名前が載ることはもうない。生物が蠢《うごめ》き、植物が芽吹く立春から春分あたり、短歌はその季節の、貴之の新たな何かになるだろうか。

鞠子が起きてきた。

「第二雁音公園の道を挟んだところに、二階建て六世帯ほどの古アパートがあっただろう。あれが取り壊された。またアパートが建つのかな。新築は家賃が高いだろうな」

新聞を捲りながら、何気なく、貴之はジョギング帰りに見た景色を伝えた。鞠子は立ったまま無表情で聞いている。

「このマンション脇の細い水路跡の道を真っすぐ、二分ほど行った場所に古い木造アパートがあるだろう。あそこなんか、ここから近いし、広さも家賃も二人で住むにはちょうどいいかもしれない」

貴之は鞠子に向き直った。鞠子は頷き、部屋を出て行った。

五月の文楽東京公演の予約初日、貴之の掛けた電話が一発で繋がり、前から三列目、中央の二席が取れた。今年は運がいい。貴之は投稿以来久しぶりに、次の小説に「幼き鶯」と仮題をつけ、二月に唐津に帰省した時の骨格を書いてみた。

気がつくと、今年一月、同僚の吉川と渋谷の台湾料理屋で会って、次は四月、川口を誘って飲みに行こう、そう言って別れた四月が終わろうとしていた。

早速、五月の週末どこかで渋谷に出ようと、二人に携帯メールを送った。待っていたように、すぐ二人から返信が来た。五月最後の週末、日曜の昼下がりの客の少ない時間に、三人で台湾料理屋に集まることになった。

鹿児島の実家に帰省した香苗の姉から、義父の体調が安定しているので、六月終わりの週末、実家へ二泊で帰したいと施設に相談したら許可が下りた、と連絡が来た。根拠もなく余命半年を宣告され、それだけの時間が過ぎ、足は車椅子になり食も細ったが、認知症も老衰もない。香苗が笑顔で、鹿児島帰省の飛行機を予約した。

世間がゴールデンウイークに入ったその日、

「『家を出てアパートに住めってお父さんに言われたけど、まだ働いてないのにどうすればいいの』、鞠子がそう言って泣いたのよ」

香苗が朝起きるなり、ソファの貴之に少し強い口調で言った。

「泣いた？」

貴之は呆れ顔で少しだけ仰《の》け反った。

「まだ働けそうにないんだから、そんなに追い立てないでよ」

貴之は首を傾げ、あの時のことかと納得し、鞠子らしいと思いながら、

「鞠子は、二月と三月ここで世話になって、その間にアパートを探し、四月から仕事を再開して優梨子と二人で生活する、そう約束しなかったか」

先にそのことを言った。

「現実問題、無理でしょう」

「それに僕は、アパートが取り壊されて更地になった、近くに安いアパートがある、その事実を伝えただけで、家を出ろなんて一言も言ってはいない」

「冷たいわね……」

「どこが？　何が？　事実を伝えることが、か？」

意識して穏やかに言った。

「だってまだ、鞠子の気持ちはそこに向いてないでしょう」

「そこがどこか知らないが、それなら、最初の約束はどうなった」

これは鞠子に言うべきことだと分かっている。

「逆効果よ」

「将来の絵姿すらない」

「暫く様子を見るの」

「暫くって、いつまでだ。こんなぬるま湯に浸かっていたら、誰だってだらだらしたくなるに決まってる」

「ほんと、冷たい」

「それは鞠子に対して、君に対して?」

香苗が首を傾げ、

「どちらもよ」

そう言って微かに笑った。

全く不愉快だ……。香苗と鞠子、二人で話してその場にいない貴之を悪者扱い。

「そうですか」

貴之は笑みを浮かべ、テレビを点け、ボリュームを上げた。立ったまま貴之を見下ろしていた香苗は、大げさに溜息をつき、台所へ入って一人分の珈琲を淹れ始めた。

七

五十二歳まで、貴之は自分のことばかりで生きてきた。もちろん、家族、親、周りに配慮した上での話だが、それでも、地球は自分を中心に廻っている、そんな子供じみたことを考える時すらあった。

三十歳で将之が生まれた時、将之が大学を卒業する五十二歳で会社を辞め、次へ、と決めた。人それぞれの世界がある。やりたい何かがいくつもあった。

ところが五十二になる二か月前、父が死ぬ。母の一人暮らしが始まると、貴之は初めて自分以外の人間を優先した。その母が逝き、貴之はもう一度、自分の世界を考えるはずだった。

夜中、目が覚めて、突然そのことが頭に浮かび、人生が終わった気がして、訳もなく、生まれて初めて「死にたい」と呟《つぶや》いた。呟いてから、口に出す言葉は「生きたい」「死にたい」「幸せ」「不幸」、何でもよかったと思い、ふっと力が抜けた。

五月に入ってすぐ、優梨子が裕一の家に遊びに行った。離ればなれになった父親と娘。母親の居ない生家で何を話すか。躾の責任から解放された父親は再会を喜び、外出して何かを楽しみ、笑い合う、それだけか。貴之には、鞠子と裕一が絶妙の距離感で、お互いの立場でしっかり優梨子を見守っているように思え、未だ裕一も鞠子も恨む気はなく、それが良いか悪いかすら分からなかった。

連休になって毎日どこかへ出かけ、昨日一泊して戻った将之が、珍しく夕方まで部屋から出てこない。貴之が晩酌を始めると、香苗が作った麻婆豆腐の夕食が始まり、楕円テーブルに座った同じ白いトレーナー姿の鞠子と将之の表情が、ソファの貴之からよく見える。

あっと言う間に四十が近い鞠子、三十を過ぎた将之。「いただきます」、幼少の頃と同じ抑揚で小さい声が聞こえ、同じように右肩が少し上がる俯いた格好で、箸という道具を使い、動物のように黙々と麻婆豆腐を食べ始めた。

年齢を重ね、体が大きくなっても心はあの頃のまま、変わらない王女と王子。貴之は今の将之の歳に家族を引き連れ、小さなアパートからマンションに引っ越し、鞠子の歳に、ローンを背負ってこのマンションを買ったことに気がついた。

（お前たち、いつまでこんなことやっているつもりだ？）

思わず叫びたくなった時、家族でここに越した日の初めての夕食の様子が浮かび、二人が子供の姿でテーブルにいる姿と重なった。

間違いなく今、ここではその時と変わらない静かで清冽《せいれつ》な時間が流れている。

（幸せとは案外、こういうことかもしれないな）

正子は、貴之、香苗と付かず離れず、間違いなく別の世界を生きている。それはそれで良い。貴之は豆腐を口に入れた。四十年の間、この味は少しずつ甘辛く、山椒の香り高く、まろやかになった。

次の日の昼下がり、正子家族が時間通り、五人で遊びに来た。

「元気してたぁ」

正子は誰に言うともなく、いつものんびりした調子で家に入ってきた。夫もおっとりした性格で、紗江と亮介は早速ちょこまか騒がしく、誰に似たのか、いつも隔世遺伝が話題になる。貴之ではなく、香苗でもなく、どうやら夫の方の……、このあたりで落ち着くが、子供が元気に越したことはない。

夕方、正子と夫、生まれて半年の功が横須賀に帰った。優梨子を入れた孫三人がテレビにゲームを繋げると、鞠子は少し離れたテーブルの椅子に横座りしてぼんやり眺め、香苗は自分も遣りたそうな溌剌とした表情で目を輝かせ、居場所のない貴之は、〝真ん中の部屋〟に一人分の布団を敷き、寝てしまった。

紗江と亮介が来て三日目、連休最後の日曜は朝から雨。貴之が六時に起きて、真ん中の部屋で新聞を眺めていると、和室から誰かトイレに起きてきた。遠慮がちな子供の足音は優梨子。すぐ後から聞こえる足音は、パタパタと遠慮がないから亮介のようだ。一人が入り、水の流れる音がして、二人が小声で話すともう一人が入り、去って行く足音がない。貴之は部屋の扉をそっと開けた。

「亮介がオシッコって言うから、失敗するといけないからここで待ってるの」

怒られると思ったか、優梨子が貴之の目に一所懸命訴える。

「そうか、じゃあ優梨子に任せていいね」

言葉を間違わないよう、貴之も一所懸命囁《ささや》くと、優梨子が頷き、貴之は部屋の扉を静かに閉めた。新聞を眺めながら、あんな小さい子に気を遣わせている、そう思うと情けなくなった。やがてトイレの水が流れ、小さなふたつの足音が和室へと遠ざかっていった。

宿題が残っているからと、昼前、紗江と亮介を、正子の夫が車で迎えに来ることになった。雨だから、三人は朝から家の中で楽しそうに遊んでいる。

「優梨子、静かにしないと、下のおじさんおばさんに迷惑だ」

貴之の声に、優梨子と風船で遊んでいた紗江が、

「ねえ、じいじ。なぜじいじは、優梨子って呼び捨てするの」

首を傾げ、睨むように貴之を見た。

「一緒に暮らしていると、何度も名前を呼ぶから『ちゃん』をつけるのが面倒なんだ」

笑顔で言った。紗江が頷き、ポンポン風船をつき始めた。

ドアホンが鳴った。「パパだ」、亮介がニコニコと玄関へ走り、紗江はいつものこと、突然大声で泣き出し、嫌だ、嫌だ、帰りたくないとかすれ声で叫び、涙を溜めた目で恨めしそうに香苗を見た。

「優梨子と離れたくないんだ」

貴之が呟くと、優梨子が困った顔をした。暫くして、紗江は香苗に手を引かれ、べソをかきながら車に乗って、優梨子に小さく手を振った。雨の中、車が横須賀へ向けて走り出した。優梨子はいつまでも車に手を振った。優梨子も以前こうやって、裕一と鞠子と三人、笑顔で小田原の生家へ帰って行ったものだった。

八

大型連休が明けた。鞠子は変わらない。

「鞠子、コロナの後遺症が長引いて、体がだるく、仕事が手に付かず、酷い時は退職するという人が増えている、そんな記事が新聞に載っていた。もし体調が優れないなら、コロナの後遺症を疑うか、思い切って入院して点滴でも打ってみたらどうだ。コロナに罹ったのはいつだ？」

たまらず、貴之が鞠子に声を掛けた。

「去年の十月、最後の家族旅行で伊香保温泉に行った翌日かな」

鞠子が諦めのような笑みを見せた。

「とにかく一度診てもらって、何か診断が出れば、鞠子だけじゃなく、周りも安心するだろう」

「うーん」

この返事では病院に行くことはないだろう。貴之も尻を叩いてまで行かせるつもりはない。それならなぜ口出ししたか。どこかでいつか、何かの時ふと思い出す、それだけのこと。気長に見る癖がつき始めたわけではない。

翌朝、優梨子が学校へ出て行くと、

「休職している会社と、これからのことについて相談してきます」

鞠子が意外なことを口にした。連休前から決まっていたという。ついに動き出したか。動き出せば先が見えるか。しかし、この体調ではまだ早くないか。相談なら退職も含めてか……。そんなことを考えたからといって、何をどう言っていいか分からない。

「しっかり相談してきなさいね」

香苗が優しく言った。暫くして、鞠子がいくらか張りのある声で「行ってきます」と出て行った。

するとと突然、

「貴之さん、なぜ優梨子にあんな言い方するの？」

香苗は二人になる瞬間を待っていた。

「この間は鞠子、今度は優梨子……。一体何のことだ」

父親を意識しているつもりはない。しかし、優梨子にはいろんな躾《しつけ》じみたことを言ってきた。あんな言い方、はあったかもしれない。

「出されたものは何でも食べろ、なんて怒鳴って。優梨子、怯《おび》えてたじゃない」

昨日の夕方、貴之は確かにそんなことを言った。

「これまでも何度か言ってきた」

香苗が首を傾げた。

「話の中味も知らないで、優梨子が好き嫌い言ったわけでもないのに、一体何言ってるの」

あんなに穏やかな香苗が、これまでにない口調で迫ってくる。

「会話の内容なんて関係ない。出されたものは何でも食べるんだ」

「優梨子はね、好き嫌いなんて言ってないの。鰹の叩きに載せる磨り下ろしニンニクの香りを嗅いで、これいらない、と言ったの。子供なら当たり前じゃない」

「ニンニクだろうがなかろうが、出されたものは食べる、それこそ当たり前じゃないか。我儘は許されない、そういうことだ」

「おかしいわ、小さな子に大声で怒鳴って、嫌われるわよ」

「嫌われるとか好かれるとか、そんなことは、鞠子が生まれたとうの昔に捨てている。大声だろうが何だろうが、出されたものは何でも食べる、そういうことだ。保母さんのくせに、そんなことも分からないのか。それとも保母さんだから分からないのか。ただ優しくすればいいってもんじゃないんだ」

「保母さんは関係ない、優梨子が可哀相、それだけ」

香苗はバタバタと棚を探し、財布から一万円を差し出した。

「来週の文楽公演、私、行けない。申し訳ないけど、これで精算してください」

「せっかくいい席がとれたのに、もったいない……」

香苗はこんなことをする人じゃない。香苗も疲れている、そのことがヒシヒシと伝わってきた。貴之は一万円を受け取り、お釣りの二千円を取り出し、静かにテーブルに置いた。

「いらないわ」

「二千円を馬鹿にしちゃいけない」

貴之は一万円を財布に入れた。

「そもそも、陰でこんな話をするから拗《こじ》れる。僕は鞠子と二人の時、こんな説教じみた話は絶対しない。肝心な何かを伝えたい時は、本人を正面に置いて、関わる人の目の前で話す。それは優梨子も同じだ」

父が死ぬ間際、母に『結婚できて良かった、本当にありがとう』、こっちが恥ずかしくなるようなことを堂々と言った様子が、目の前で見ていたように蘇《よみがえ》ってきた。全くいい話だ。が、それもこれも、思いを堂々と伝える意味では同じこと。貴之は少しだけ胸を張った。

「難しいこと言わないで、とにかく、優梨子は怯えていたの」

「それでも優梨子のため、伝えることは伝える。それだけの覚悟があるから、陰でとやかく言われると腹が立つ」

「もう分からない、何を言いたいか、何をしたいか分からない」

「簡単じゃないか。出されたものは文句を言わずに何でも食べる。全くくだらない、何度言わせるんだ」

貴之を睨んだ香苗の目がみるみる潤んだ。

「朝、中学校の教室で、生徒たちが大声で話している。日本の将来について話す子もいれば、昨日見かけた女の子の話をする子、やんちゃした話を自慢する子、いろんな話が飛び交っている。その時、『静かにしろ』と先生がガラッと扉を開けて入って来る。先生はそれぞれの会話の内容どうこうに関係なく、教室は本来静かにするところだと当たり前を言っている。それを繰り返し言えば、何かの時、肝心な時に思い出す。同じことだ」

こんなつまらない話で香苗の涙は見たくない。そもそも、二人の問題じゃない。それは優梨子のこと、鞠子のことだ。

じりじりした沈黙の中、しかし、意外にも香苗の体から緊張と怒りが解けていく気配が伝わってくる。不思議に思いながら、貴之は言葉を続けた。

「紗江と亮介が帰る日、朝食の時に、優梨子が香苗に『なぜミートグラタン出さないのよ』と、まるでミートグラタンを出せと、主人がお手伝いさんに命令するような言い方をした。祖母の香苗を見下した言い方だ。張り倒そうか、正直そんな気持ちになった」

香苗が上目遣いで貴之を見た。

「もちろん時代は違う。しかし、僕は祖父母に対し、あんな言い方はできない。グラタンがないことを知っていても絶対言わない。紙一重のことだが、優梨子は間違った。あの砕けた雰囲気で思いのままを言った、それは分からないでもない。成長の途中、躾の途中、鞠子との生活も知っている」

香苗はジッと貴之の目を見て聞いている。

「躾なんて大それたことは親がやることだ。しかし、成長して、目上の人間を見下した言い方が、別の場所で、他の人間に出たら取り返しがつかない。今の時代でもそれは許されない。それなら、誰かがどこかで言わなければ間に合わない。優梨子は今、僕らと生きている」

貴之はふっと息をはいた。

「実は……、優梨子のあの言い方は私も気になったの。ただ、その前の晩、明日の朝ミートグラタン出そうね、そう言ったのは私だから、優梨子の言い方は別にして、忘れていた私も悪かったの」

貴之は香苗の顔を覗き込んだ。その瞳は憂いを含み、小さく揺れながら幾らか笑みが宿り始めていた。

「だから、出されたものを食べるんだ。優梨子はもう客ではない。客でもないのにちやほやするから、こんなことになる」

香苗がふっと息を吐いた。

「ここは保育園じゃないんだ……」

沈黙が来た。

「さっきの一万円、返してください」

香苗が呟いた。

「その前に二千円返せ」

二人は笑いを堪え、さっきまで自分の財布に入っていたお札をそれぞれ手に取り、

「馬鹿馬鹿しい」

財布にしまい込みながら、貴之がつくづく言った。

「つまらない話でも、二人きりだと感情が先に立つ。話しているだけで相手が厭になり、余計なことまで口走ってしまう。しかし、当事者を前に置いて、それは鞠子でも、優梨子でも、将之でも、正々堂々話をすれば、案外あっさり済むものだ」

「そうかもしれない……」

「優梨子のことで二人が拗れるなら鞠子の二の舞。その連鎖は誰も望まない。ところが、こんなことを繰り返していたら、真面目に考えれば考えるほど、修羅場が来るに決まってる」

香苗が窓の外に目をやった。追いかけるように見上げたいつもの空に、薄い雲がゆっくりと流れている。

「珈琲飲む？」

「いらない」

香苗が台所へ入り、二人分の珈琲を淹れ始めた。こんな時、香苗は決まって天邪鬼《あまのじゃく》になる。

昼過ぎ、鞠子が戻ってきた。

「六月から、体の様子を見ながら働くことにしました」

いくらか笑顔が覗いている。追いかけるように、優梨子が学校から帰って来た。

「私、二十歳で結婚するんだ」

キンキンした声で言った。

「その頃はおじいちゃん、死んでるな」

それは自分でも思いもしない言い方だった。

「十年後は七十三歳だから、まだ生きてるでしょ」

優梨子が可愛く首を傾げた。

「おじいちゃん、左利きだからねえ」

優梨子が困った顔で香苗を見た。

「大丈夫よ、優梨子ちゃん。いつものおじいちゃんの冗談。憎まれっ子、何とかと言ってね、左利きだろうが何だろうが、おじいちゃん長生きするから心配ないわ」

「憎まれっ子は余計だ……」

貴之が呟き、鞠子がプッと吹き出した。

「おじいちゃんは、冗談は言うけど、嘘つかないんだもんね」

優梨子が貴之の口癖を言って笑った。


翌朝四時、久しぶりに横浜に地震が来た。揺れが大きく、鞠子と優梨子が眠っていた部屋の本棚から写真立てが落ちた。

三十年前、貴之と香苗が結婚して初めての二人だけの旅行で撮った、飛騨高山の代官屋敷前での写真。幸いガラスは割れなかったものの、写真立ての木枠がばらばらに壊れた。

やがて家族が出払い、若い二人が寄り添う、懐かしい色褪せた写真を眺めながら、木工用ボンドで写真立てを直していると、俊之から地震を心配した携帯メールが届いた。その時初めて、貴之は母の初盆まで三か月を切ったことに気がついた。

二月に見た、鑑種寺の下の田圃のなだらかな丘、その下った先に広がる伊万里湾の淡い海の景色を思い出しながら、昼前、寺に電話を入れた。

母の命日の八月二十八日に予定通り母の一周忌法要、父の十三回忌を纏めて行うこと、初盆はお寺だけでやってもらうこと、その際、横浜の家に作る盆棚の体裁について話し、貴之と道正和尚の長い電話が終わった。

「母さんが死んで九か月、その間、母さんのことをしみじみ思ったことがあっただろうか。鞠子のことで母さんにまで思いが至らなかった、そんなことは言い訳にならないが、案外それでよかったのかもしれない、そう思うしかないな……」

貴之は〝真ん中の部屋〟に入り、本棚中央の羅紗に載った父と母、それぞれの写真に頭を下げ、小さな位牌に手を合わせた。ぼんやり浮かんだ母の面影が、「どうなろうとこうなろたい」と微笑んだ。

母が死んで、初めての「母の日」が迫っていた。

完

あとがき

本書は「清冽と泥濘」のタイトルで書き進めていた小説を、「第二の人生に巻き起こる『家族の物語』」という文芸社さんの文学賞テーマに沿うよう軌道修正し、出来上がったものです。還暦で退職し、悠々自適なはずが、現実はこういうこと。そうだ、こんなこともある、そんな感覚で読んでいただけたなら幸いです。

子供の頃から外で遊んでばかり、作文、読書嫌いで、今でも読書には踏み込めず、その理由は私が世間に疎いこと、その世界の知識がないからと諦めています。ところが、五十歳の誕生日に突然、これまで自身の人生から最も遠い何かをやろうと思い立ち、週末だけの散文創作が始まりました。するとすぐ、父が亡くなり、身近な人の死、を意識するようになりました。

織田信長の本能寺、坂本龍馬の近江屋、先の大戦の特攻隊の壮絶。ドラマティックで感動的な死がある半面、身近で静かに亡くなる人がいる。一昨年亡くなった母もそう。実は、世間のほとんどがそうで、その人にも同じ人生がある、と知ったからでしょうか。

純粋に、死の美しさはもちろん、その人が生前に残した何気ない言葉、その言葉の前提になった経験。そういうことが案外、日常に珠玉のように転がっていて、今を生きる我々にも死があるなら、それら珠玉に気づき、拾い上げ、自分のものにできれば、現実世界の災いを転じる糧にできるのではないか。

ちなみに私は左利きですが、親の教育でペンと箸は右、そんな時代でした。

最後に、自己満足で終わっていた散文創作に、出版という刺激を与えていただいた文芸社の砂川正臣さん、吉澤茂さん（吉澤さんも左利きです）に感謝を表し、謝辞とします。

この小説はフィクションです。登場人物、団体名等、すべて架空のものです。

著者プロフィール
鮎飛 馨（あゆとび かおる）
生年月日：昭和34年 9 月13日
出身地　：佐賀県
主な経歴：大学卒業後、建築設計事務所に勤務。還暦で退職。

どうなろうとこうなろたい

2025年 1 月15日　初版第 1 刷発行

著　者　鮎飛 馨
発行者　瓜谷 綱延
発行所　株式会社文芸社
〒160-0022　東京都新宿区新宿1－10－1
電話　03-5369-3060（代表）
03-5369-2299（販売）

印刷所　TOPPAN クロレ株式会社

ISBN978-4-286-26143-0